AF293074

La Déesse de l'Amour
a la Foire
Ulrich Germania

Titre :
La Déesse de l'Amour à la Foire

Sous-titre :
Un parc d'attractions avec une touche mystique

Série :
Rencontres romantiques à la fête foraine

Note de l'IA :
Une histoire d'IA, imaginée et révisée par l'auteur.
Traduit de l'allemand vers le français par une IA.

Auteur :
Ulrich Germania (c) 2025

Éditeur :
BoD · Books on Demand GmbH, Überseering 33,
22297 Hamburg, bod@bod.de

Pression :
Libri Plureos GmbH,
Friedensallee 273, 22763 Hamburg

ISBN : 978-3-8192-0686-3

Index

Notes :

Crédits photographiques :
Les images de la couverture et les illustrations du livre ont été générées par IA et modifiées à l'aide de programmes de manipulation de photos.

IA et traduction :
Histoire de l'IA, initiée et révisée par l'auteur.
Celle-ci a été traduite de l'allemand vers le français par une IA. La traduction a été lue et éditée par une autre IA et approuvée par l'auteur.

E-mail de l'auteur :
Ulrich.Germania@online.de

Faire connaissance de manière décontractée

C'est par une douce soirée d'été que les deux amies Simone et Yasmine se promenèrent avec entrain à la fête foraine. Les lumières colorées et la musique joyeuse les attiraient comme par magie, et elles profitaient de l'atmosphère exubérante. Simone, avec ses longs cheveux blonds et ses yeux bleus, et Yasmine, avec ses boucles sombres et son rire contagieux, attiraient toutes deux l'attention.

Elles riaient et bavardaient en passant devant les différents stands, grignotant de la barbe à papa et admirant les manèges. Alors qu'elles se demandaient quel manège elles allaient essayer ensuite, deux jeunes hommes les interpellèrent.

« Hé, vous deux ! Ça vous dirait de faire un tour de grande roue avec nous ? » demanda l'un d'eux, un grand sportif au sourire charmeur. Son ami, un peu plus petit, mais avec un sourire espiègle, hocha la tête en signe d'approbation.

Simone et Yasmine échangèrent un bref regard et sourirent.

« Pourquoi pas ? » répondit Simone avec joie. « Nous adorons la grande roue ! »

Ensemble, ils se dirigèrent vers la grande roue et les deux jeunes hommes se présentèrent. Le plus grand s'appelait Léo et son ami Luis.

Devant la grande roue, il y avait beaucoup de gens qui voulaient monter. Pendant qu'ils attendaient dans la file, ils se présentèrent les uns aux autres et il s'avéra que Léo et Luis étaient des jeunes hommes très sympathiques. Les filles étaient ravies d'avoir été abordées par ces deux-là.

Lorsqu'ils prirent enfin place dans une nacelle de la grande roue, ils apprécièrent la vue imprenable sur la fête foraine et la ville. Les lumières scintillaient comme des étoiles et la musique joyeuse remplissait l'air. Simone et Yasmine avaient l'impression d'être dans un conte de fées, et la compagnie de Léo et Luis rendait la soirée encore plus spéciale.

Pendant le trajet, ils rirent beaucoup et apprirent à se connaître encore mieux. Lorsque la grande roue s'arrêta enfin, ils décidèrent de continuer à profiter de la soirée ensemble et d'essayer d'autres manèges.

Après avoir quitté la grande roue, les quatre jeunes gens décidèrent de visiter un autre manège. Ils se promenèrent dans la fête foraine, se laissant guider par les lumières colorées et la musique joyeuse. Ils optèrent finalement pour les montagnes russes, qui les attiraient par leurs virages rapides et leurs descentes excitantes.

Simone et Luis s'installèrent dans un wagon, tandis que Yasmine et Léo prirent place dans le suivant. La tension et l'impatience étaient palpables lorsque les montagnes russes grimpèrent lentement la première colline. Simone et Luis s'accrochaient aux arceaux de sécurité et échangeaient des regards excités. Yasmine et Léo riaient et plaisantaient tout en profitant de la vue.

Lorsque les montagnes russes atteignirent le sommet de la colline, le monde retint son souffle pendant un instant. Puis elles plongèrent dans le vide et les quatre jeunes gens crièrent de joie et d'excitation. Les virages et les loopings rapides faisaient battre leurs cœurs plus vite, et ils profitaient de chaque seconde de la descente.

Après ce tour de montagnes russes endiablé, ils sortirent des wagons en riant encore de cette expérience excitante. Simone et Luis échangèrent des regards complices, tandis que Yasmine et Léo se rapprochaient également. Il était évident qu'un lien particulier se développait entre les deux couples.

Ensemble, ils décidèrent de continuer à profiter de la soirée et d'essayer d'autres manèges. La fête foraine offrait d'innombrables possibilités d'amusement et d'aventure, et l'occasion de s'amuser ensemble et de mieux se connaître.

Alors qu'ils passaient d'une attraction à l'autre, ils sentirent leurs amitiés se renforcer.

Alors qu'ils continuaient à déambuler dans la fête foraine, Luis prit la main de Simone et elle se laissa faire. Une sensation de chaleur l'envahit et elle lui sourit.

Yasmine remarqua que son amie Simone marchait main dans la main avec Luis, et un sourire passa sur son visage. Elle voyait à quel point Simone avait l'air heureuse et se sentait également enchantée par l'atmosphère romantique de la fête foraine.

Yasmine jeta un coup d'œil à Léo qui marchait à côté d'elle. Il semblait un peu timide et n'osait pas lui prendre la main. Avec un sourire déterminé, Yasmine lui prit la main et entrelaca ses doigts avec les siens. Léo fut surpris, mais il sourit et serra doucement sa main.

Les quatre jeunes gens continuèrent à marcher main dans la main dans la fête foraine, profitant de la musique joyeuse et des lumières colorées. Ils avaient l'impression d'être dans un conte de fées et la magie de la soirée faisait battre leur cœur plus vite.

La maison de la sorcière

L'ambiance féerique fut complétée par le fait qu'ils découvrirent par hasard une maisonnette en bois sur le site de la foire, qui ressemblait à une maison de sorcière dans un conte de fées. La maisonnette était construite en bois sombre et décorée de sculptures artistiques. Les fenêtres étaient petites et rondes, avec des vitraux colorés qui scintillaient à la lumière de la fête foraine. Une cheminée étroite s'élevait du toit, d'où s'échappait un mince filet de fumée qui se perdait dans l'air tiède de l'été.

Une vieille femme, qui ressemblait à une sorcière, était assise devant la maisonnette. Son visage était parcouru de rides profondes et ses yeux brillaient d'un éclat mystérieux. Elle portait une longue robe noire qui descendait jusqu'au sol et un chapeau pointu posé de travers sur sa tête. Ses mains étaient osseuses et marquées par des taches de vieillesse, et elle tenait une canne noueuse qui semblait avoir été taillée dans un arbre très ancien.

Perché sur son épaule, un oiseau noir observait les quatre jeunes gens de ses yeux perçants. Sur ses genoux se reposait un chat noir qui s'étirait paresseusement en ronronnant doucement.

La vieille femme sourit mystérieusement en voyant le groupe arriver, et sa présence conférait à la scène une atmosphère à la fois magique et inquiétante.

« Bienvenue, mes chers, » dit la vieille femme d'une voix rocailleuse. « Approchez et laissez-moi vous raconter quelque chose. »

Simone, Yasmine, Luis et Léo échangèrent des regards curieux et se rapprochèrent de la maison de la sorcière. La vieille femme caressa le chat noir sur ses genoux et l'oiseau sur son épaule croassa doucement.

« Je vois que vous êtes à la recherche de quelque chose de spécial », poursuivit la vieille femme. « Je peux peut-être vous aider à réaliser vos souhaits. Mais soyez avertis, parfois les choses ne sont pas ce qu'elles semblent être. »

Les quatre jeunes gens étaient fascinés et un peu nerveux.

« Qu'est-ce que tu veux dire ? » demanda prudemment Simone.

La vieille femme sourit mystérieusement.

« Chacun de vous a un désir dans son cœur qu'il ne veut peut-être même pas s'avouer à lui-même. Je peux vous aider à reconnaître ces désirs et peut-être même à les réaliser. Mais pour cela, vous devez me faire confiance et me confier une petite mission. »

Yasmine regarda la vieille femme d'un air sceptique. « Et quelle serait cette tâche ? »

La vieille femme leva une main osseuse et désigna un petit jardin enchanté derrière la maison de la sorcière.

« Dans ce jardin, il y a beaucoup de fleurs différentes, dont quatre sont des fleurs spéciales qui vous sont destinées. Chacune de vos fleurs représente un souhait. Cueillez une fleur et apportez-la-moi, je vous en dirai plus sur vos souhaits. »

Simone, Yasmine, Luis et Léo se regardèrent et finirent par hocher la tête. Ils étaient curieux et voulaient découvrir ce que la vieille femme avait à leur dire.

Ensemble, ils entrèrent dans le jardin enchanté et commencèrent à chercher les fleurs spéciales. Le jardin était rempli de plantes étranges et de fleurs lumineuses qui scintillaient au clair de lune.

Simone demanda : « Il y a tellement de belles fleurs différentes ici, comment puis-je savoir quelle fleur est spéciale ? »

Léo semblait le deviner : « Les fleurs se valent toutes. Ce n'est que lorsque tu en choisis une qu'elle devient ta fleur personnelle particulière.»

Il n'a pas fallu longtemps pour que chacun d'entre eux trouve une fleur particulière. Simone cueillit une fleur rouge vif, Yasmine une fleur bleue tendre, Luis une fleur jaune éclatante et Léo une fleur violette profonde.

Les fleurs dans les mains, ils revinrent vers la vieille femme.

« Très bien, » dit-elle en prenant les fleurs. « Maintenant, voyons quels sont les vœux que vous portez dans votre cœur. »

La vieille femme regarda attentivement les fleurs et dit :

« Chacune de ces fleurs représente un souhait que vous portez dans votre cœur. Voyons quels sont vos souhaits »

Elle brandit la fleur rouge vif que Simone avait cueillie.

« Cette fleur rouge représente la passion et l'amour », expliqua la vieille femme. « Simone, ton cœur aspire à une connexion profonde et passionnée. Tu souhaites trouver quelqu'un qui fera briller ton cœur et avec qui tu pourras partager un amour intense. »

Simone rougit légèrement, mais elle ne pouvait pas nier que les mots de la vieille femme correspondaient exactement à ce qu'elle ressentait.

« Comment savez-vous mon nom ? » demanda Simone à la vieille femme, qui ne répondit pas, se contentant d'un sourire mystérieux.

Tout le monde dans le groupe était curieux de savoir ce que les autres fleurs allaient révéler.

La vieille femme prit la délicate fleur bleue que Yasmine avait cueillie.

« Cette fleur représente le calme et la stabilité», dit-elle. « Yasmine, tu souhaites une relation qui te donne la sécurité et la sûreté. Tu cherches quelqu'un qui t'apporte stabilité et paix et avec qui tu peux construire un avenir harmonieux. »

Yasmine sourit et se sentit comprise. Les mots de la vieille femme reflétaient ses désirs les plus profonds.

Ensuite, la vieille femme brandit la fleur d'un jaune éclatant que Luis avait cueillie.

« Cette fleur représente la joie et l'aventure », expliqua-t-elle. « Luis, tu aspires à une relation pleine de plaisir et d'expériences passionnantes. Tu veux trouver quelqu'un qui remplira ta vie de rires et d'aventures et avec qui tu pourras partager des moments inoubliables. »

Luis hocha la tête en signe d'approbation et se sentit encouragé par les paroles de la vieille femme.

Finalement, la vieille femme prit la fleur d'un violet profond que Léo avait cueillie.

« Cette fleur représente le mystère et la profondeur », dit-elle. « Léo, tu souhaites une relation pleine de mystère et d'émotions profondes. Tu cherches quelqu'un qui touche ton âme et avec qui tu peux établir un lien profond et significatif. »

Léo sentait que les mots de la vieille femme touchaient son cœur. Il savait qu'elle exprimait exactement ce qu'il souhaitait secrètement.

La vieille femme sourit, satisfaite.

« Maintenant, vous connaissez les désirs que vous portez dans votre cœur », dit-elle. « Puisse la kermesse vous aider à réaliser ces désirs et à trouver l'amour que vous recherchez. »

Sur ces mots, la vieille femme prit congé, rentra dans sa maison de sorcière et ferma la porte derrière elle.

Les quatre jeunes gens fixaient la maison de la sorcière, perdus dans leurs pensées.

Simone dit : « Elle connaissait tous nos noms, même si nous ne nous étions pas présentés. »

Luis hocha la tête et dit : « Vraiment très étrange. Elle était comme une diseuse de bonne aventure qui fait tirer des cartes à quelqu'un dans un jeu de cartes et qui interprète ensuite le destin à partir des cartes choisies. Au lieu de cartes à jouer, elle utilisait les fleurs. »

Yasmine dit en tremblant : « Comme c'est étrange. »

Léo dit: « Et vous savez ce qui est aussi flippant? Elle ne nous a pas demandé d'argent, alors que ce genre de choses n'est généralement pas offert gratuitement à la foire. »

Luis dit courageusement : « Nous devrions lui parler encore une fois et lui proposer un peu d'argent. Je vais aller à la maison des sorcières et lui dire de sortir encore une fois. »

Simone supplia : « Ne fais pas ça, Luis, j'ai peur pour toi ! »

Luis répliqua : « Calme-toi, je vais juste ouvrir la porte et appeler pour qu'elle sorte encore. »

Luis fit quelques pas en direction de la maison des sorcières et Léo le suivit, tandis que les filles attendaient à une distance sûre de la maisonnette.

Léo ouvrit la porte et Luis appela dans le vide de la pièce sombre : « Bonjour, pouvez-vous sortir encore une fois ? » mais il ne reçut aucune réponse.

« Salut ? Où êtes-vous ? Vous m'entendez ? » cria Luis, mais il ne reçut à nouveau aucune réponse. À la place, le chat noir sortit de la pièce et l'oiseau noir s'envola par la porte, passant devant la tête de Luis.

Le chat escalada la cabane en bois et s'assit sur le toit, l'oiseau vola jusqu'au chat et s'assit à côté de lui.

Luis et Léo se placèrent à nouveau à côté de Simone et Yasmine et ensemble, ils fixèrent l'oiseau et le chat qui étaient assis en toute confiance côte à côte sur le toit de la maison de la sorcière et qui les regardaient de haut.

Soudain, le chat s'assit sur son derrière, leva une patte et fit signe aux deux couples, comme s'il s'agissait d'un chat porte-bonheur thaïlandais.

Luis dit : « Elle nous fait signe, comme un chat thaïlandais chanceux. Je pense qu'il vaut mieux lui faire signe en retour et continuer à marcher»

C'est ce qu'ils firent. Tous les quatre firent un signe d'adieu au chat, puis ils se retournèrent et quittèrent la vieille et énigmatique maisonnette en bois pour se replonger dans l'agitation bruyante de la fête foraine.

La réalisation du vœu

Soudain, Luis s'arrêta et regarda Simone profondément dans les yeux.

« Simone, j'ai écouté attentivement ce que la sorcière a dit à propos de tes souhaits. C'est vrai ce qu'elle a dit ? »

Simone regarda Luis et sourit, légèrement gênée.

« Oui, c'est vrai, » répondit-elle doucement. « Je souhaite vraiment une connexion passionnée. Quelqu'un qui fasse briller mon cœur. »

Luis hocha la tête et resserra sa main.

« Je trouve ça bien, Simone. J'espère que je peux être ce quelqu'un pour toi. Je veux apprendre à mieux te connaître et voir si nous pouvons avoir cette connexion. »

Simone sentait son cœur battre plus vite.

« J'aimerais bien le découvrir aussi, Luis. »

Luis regarda Simone profondément dans les yeux, sa voix était pleine d'émotion quand il demanda :

« Puis-je faire briller ton cœur ? »

Simone sourit et sentit son cœur battre plus vite.

« Avec plaisir, essaie ! » répondit-elle doucement, les yeux brillants d'excitation.

Sans hésiter, Luis attrapa Simone et l'attira doucement dans ses bras. Leurs corps étaient proches l'un de l'autre et le monde autour d'eux sembla s'arrêter un instant.

Luis se pencha vers elle et lui donna un baiser plein de passion. Ses lèvres rencontrèrent les siennes avec une intensité qui coupa le souffle de Simone. Elle ressentit une lueur dans tout son corps alors qu'elle répondait au baiser passionné de Luis. Cette lueur se transmit également à Luis et ils eurent l'impression d'être pris dans un moment magique. Leurs cœurs battaient l'un pour l'autre et Simone et Luis savaient qu'ils s'étaient trouvés.

Alors qu'ils se perdaient dans leur moment magique, Yasmine et Léo observaient la scène avec un sourire.

Yasmine regarda Léo et sentit qu'un lien particulier s'était également créé entre eux.

« Léo, que penses-tu de ce que la sorcière a dit?» demanda-t-elle doucement.

Léo sourit et prit la main de Yasmine.

« Je pense qu'elle a raison. Oui, je souhaite en effet une connexion profonde et significative. Et je pense que nous pourrions avoir ce lien. »

Yasmine sentit son cœur battre plus vite.

« Je ressens la même chose, Léo. Continuons à profiter de la soirée et voyons où elle nous mène. »

Léo acquiesça, rapprocha Yasmine de lui et déposa un doux baiser sur son front. Yasmine sourit et se sentit en sécurité près de lui. Avec Simone et Luis, ils continuèrent leur chemin à travers la fête foraine, main dans la main, se réjouissant de la suite des aventures de la soirée.

Au bout d'un moment, ils découvrirent un agréable jardin de bière avec une piste de danse. La musique joyeuse et les rires des gens les attirèrent comme par magie. Le jardin de bière était décoré de guirlandes lumineuses colorées qui scintillaient dans la lumière du soir. Les tables et les bancs étaient bien occupés et l'atmosphère était joyeuse et exubérante.

Sur la piste de danse, jeunes et vieux dansaient au son de la musique live d'un groupe composé de vieux hommes. Les musiciens portaient des vêtements nostalgiques et jouaient avec passion les tubes des années 60. Leurs instruments étaient bien entretenus et les sons de la guitare, de la basse, de la batterie et du clavier remplissaient l'air. Le chanteur principal du groupe savait très bien adapter sa voix aux chansons et on avait presque l'impression que les Rolling Stones ou les Beatles donnaient un concert sur scène.

Simone, Luis, Yasmine et Léo trouvèrent une table libre près de la piste de danse et s'assirent. Ils commandèrent des boissons et profitèrent de l'ambiance joyeuse.

La musique était entraînante et il n'a pas fallu longtemps pour qu'ils se laissent emporter par les vieilles chansons et la musique rock.

Luis se leva et tendit la main à Simone.

« Tu veux danser ? » demanda-t-il avec un sourire charmeur.

Simone hocha la tête avec enthousiasme et lui prit la main. Ensemble, ils entrèrent sur la piste de danse et commencèrent à bouger au rythme de la musique. Leurs mouvements étaient synchronisés et pleins de joie, et ils riaient en se touchant et en se taquinant de manière ludique pendant qu'ils dansaient.

Yasmine les regarda danser et se sentit contaminée par l'ambiance joyeuse. Elle se tourna vers Léo et lui demanda :

« Tu veux danser aussi ? »

Léo sourit et lui prit la main.

« J'aimerais beaucoup », répondit-il.

Ensemble, ils rejoignirent Simone et Luis sur la piste de danse et dansèrent sur la musique rock entraînante du groupe live.

Le groupe Oldies sur scène joua avec beaucoup de dévouement et de plaisir, et les vieux tubes furent bien accueillis par le public. La piste de danse était remplie de gens qui bougeaient sur des chansons bien connues. Les jeunes et les vieux dansaient côte à côte et les frontières entre les générations disparaissaient.

Simone et Luis, ainsi que Yasmine et Léo, étaient heureux. La musique, l'ambiance joyeuse et, surtout, le fait que chacun avait trouvé un partenaire à aimer faisaient battre leur cœur.

La déesse de l'amour

Lorsque les deux couples revinrent de la piste de danse à leur table, ils remarquèrent qu'une magnifique femme blonde y était assise.

Ses longs cheveux dorés brillaient dans la lumière de la kermesse et ses yeux brillaient d'un éclat mystérieux. Luis s'approcha et dit poliment :

« Excusez-moi, c'est notre table. Pouvez-vous vous déplacer un peu sur le côté ? »

La belle femme se déplaça un peu pour que tout le monde ait de la place, sourit gentiment et répondit :

« Oui, je sais que c'est votre table. Puis-je me présenter ? Je suis Amora, une déesse de l'amour et l'assistante de Cupidon, le dieu de l'amour. Je voulais juste m'assurer que nos flèches d'amour n'avaient pas manqué leur cible. »

Simone, Yasmine, Luis et Léo se regardèrent, surpris.

La présence d'Amora semblait renforcer l'atmosphère magique de la soirée. Ils s'assirent à la table et écoutèrent avec attention ce que la déesse de l'amour avait à leur dire.

« Je suis heureuse de voir que vous vous êtes trouvés », poursuivit Amora. « La fête foraine est un lieu plein de magie et de possibilités, et il semble que le destin vous ait réunis. Puisse votre amour grandir et s'épanouir. »

Les quatre jeunes gens furent touchés par les paroles d'Amora, mais aussi très intrigués.

Luis en parla :

« Belle dame, nous sommes ici à la foire, il y a des clowns et des charlatans. Vous nous avez vus ensemble sur la piste de danse et maintenant vous nous dites que vous êtes une déesse de l'amour ? Que nous soyons deux couples d'amoureux, tout le monde peut le voir et cela ne prouve malheureusement pas que vous êtes une déesse de l'amour. Désolé, je suis sceptique. »

Amora rit et demanda :

« Vous souvenez-vous de votre visite à la maison des sorcières et de la vieille femme qui vous a fait cueillir des fleurs et qui a ensuite révélé vos désirs personnels et secrets ? »

Simone, Yasmine, Luis et Léo se regardèrent avec surprise et hochèrent la tête.

« Oui, nous nous en souvenons », répondit Yasmine. « C'était un moment très spécial. »

« Et soudain, la femme a disparu », dit Luis.

Amora sourit mystérieusement.

« Eh bien, je dois vous avouer quelque chose. Cette vieille femme, c'était moi, sous une forme transformée. Je voulais m'assurer que vos cœurs reconnaissent les bons désirs et que vous ayez la possibilité de les réaliser. »

Les quatre jeunes gens restèrent sans voix.

« Tu étais la vieille femme ? » demanda Luis, incrédule. « Pourquoi t'es-tu transformée ? »

Amora sourit sagement.

« Parfois, il est plus facile de parler aux gens non pas en tant que belle femme blonde, mais en tant que vieille femme, parce que les gens pensent alors qu'ils parlent à quelqu'un de sage et d'expérimenté. Je voulais vous aider à ouvrir vos cœurs et à trouver l'amour que vous recherchez. »

Luis se prit les cheveux dans les mains et les ébouriffa.

« D'une certaine manière, je n'arrive toujours pas à croire que tu sois à la fois une vieille femme et une belle déesse de l'amour. Où sommes-nous donc ? À la fête foraine dans la vraie vie ou dans un conte de fées avec des sorcières et des dieux ? »

Amora sourit et leva une main.

« Laisse-moi te prouver que je suis la déesse de l'amour et que j'étais la vieille femme. »

À ce moment-là, l'oiseau noir qui s'était auparavant perché sur l'épaule de la vieille femme apparut soudain et se posa sur la table. Il croassa doucement et regarda les quatre jeunes gens de ses yeux perçants.

Peu de temps après, la chatte noire qui était restée sur les genoux de la vieille femme sauta sur la table et s'assit à côté de l'oiseau. Elle ronronna doucement et frotta sa tête contre la main d'Amora.

« Ces deux-là sont mes fidèles compagnons », expliqua Amora. « Ils sont toujours avec moi, quelle que soit ma forme. »

Simone, Yasmine, Luis et Léo regardèrent les animaux avec étonnement et surent qu'Amora disait la vérité. La présence soudaine de l'oiseau et du chat prouvait qu'elle était bien la vieille femme transformée.

« Il semble que nous ayons vraiment atterri dans un conte de fées, n'est-ce pas ? » dit Yasmine à voix basse en regardant Amora dans les yeux d'un air interrogateur.

Amora acquiesça.

« Parfois, les frontières entre la réalité et les contes de fées sont floues. La fête foraine est un lieu plein de magie et de possibilités. Profitez de l'occasion qui vous est offerte aujourd'hui pour réaliser vos souhaits et trouver l'amour que vous avez toujours recherché. »

Après une courte pause pendant laquelle toutes les personnes présentes n'ont pas dit un mot, Amora compléta :

« J'espère qu'en tant que déesse de l'amour et vieille femme, j'ai pu vous aider à trouver l'amour de votre vie. Le destin est maintenant entre vos mains, je vous dis au revoir. »

Après avoir dit cela, Amora se leva lentement de son siège.

L'oiseau noir déploya ses ailes, s'envola dans les airs et se posa sur l'épaule gauche d'Amora, tandis que le chat noir sauta gracieusement de la table sur le bras tendu d'Amora, grimpa sur lui et se posa ensuite sur son épaule droite.

Soudain, une douce brise souffla dans le Jardin de bière et les lumières de la fête foraine semblèrent briller plus fort pendant un moment.

Amora leva les mains et sourit aux quatre jeunes gens.

« Que l'amour vous accompagne toujours », dit-elle doucement.

Puis elle commença à se dissoudre lentement dans un rayon de lumière chatoyant. L'oiseau et le chat disparurent à leur tour dans une douce lumière qui se répandit autour d'eux.

En quelques instants, Amora et ses animaux avaient disparu, comme s'ils n'avaient jamais été présents.

Les quatre jeunes gens étaient assis là, sans voix, sentant qu'ils avaient été témoins d'un moment magique. Ils savaient que cette soirée était très spéciale et que leurs liens nouvellement trouvés étaient forts, significatifs et féeriques.

Luis regarda Simone profondément dans les yeux et sourit.

« Je n'aurais jamais pensé que les contes de fées pouvaient être vrais », dit-il doucement. « Mais ce soir, j'ai appris qu'il y a vraiment de la magie et du surnaturel dans la vie. »

Simone lui rendit son sourire et lui serra la main.

« Parfois, il suffit du bon moment et des bonnes personnes pour découvrir la magie, et aujourd'hui, nous avons en plus été aidés par la déesse de l'amour d'un conte de fées », répondit-elle doucement.

Léo hocha la tête en signe d'approbation et regarda Yasmine.

« En fait, j'avais des doutes sur l'existence du véritable amour dans la vie », avoua-t-il, « mais maintenant je sais qu'il existe et que nous l'avons trouvé. »

Yasmine sourit et posa sa main sur sa joue.

« Le véritable amour est souvent plus proche que nous ne le pensons. Il suffit d'ouvrir les yeux et le cœur pour le reconnaître. Amora nous a aidés à le faire. »

Les quatre jeunes gens continuèrent à parler de contes de fées et d'amour véritable pendant un moment, puis ils profitèrent à nouveau de l'atmosphère joyeuse de la kermesse et de la compagnie des uns et des autres.

Alors que les lumières de la fête foraine s'estompaient lentement et que la nuit touchait à sa fin, ils se dirent au revoir en se promettant de se revoir bientôt. Ils savaient que leur histoire ne faisait que commencer et qu'ils allaient vivre ensemble de nombreux autres moments magiques.

Plus de livres de l'auteur

Si tu as aimé cette histoire d'amour kitsch dans un parc d'attractions, tu aimeras certainement les autres nouvelles d'Ulrich Germania. Beaucoup d'histoires parlent de rencontres romantiques dans des endroits insolites.

Note de l'IA : Ce qui suit s'applique aux histoires du parc d'attractions : Ulrich Germania a imaginé les personnages et l'intrigue, l'IA a écrit les histoires, puis elles ont été révisées et améliorées.

Foire des Cœurs
Histoire d'amour kitsch dans un parc d'attractions.

Docteurs à la Foire
Ce n'est pas un roman médical, mais presque.

La déesse de l'Amour à la Foire
Un parc d'attractions avec une touche mystique
(ce livre)

Écrit sans l'aide de l'IA :
D'abord la Vengeance, puis la Fiancée
Histoire kitsch du Far West

Docteurs à la Foire

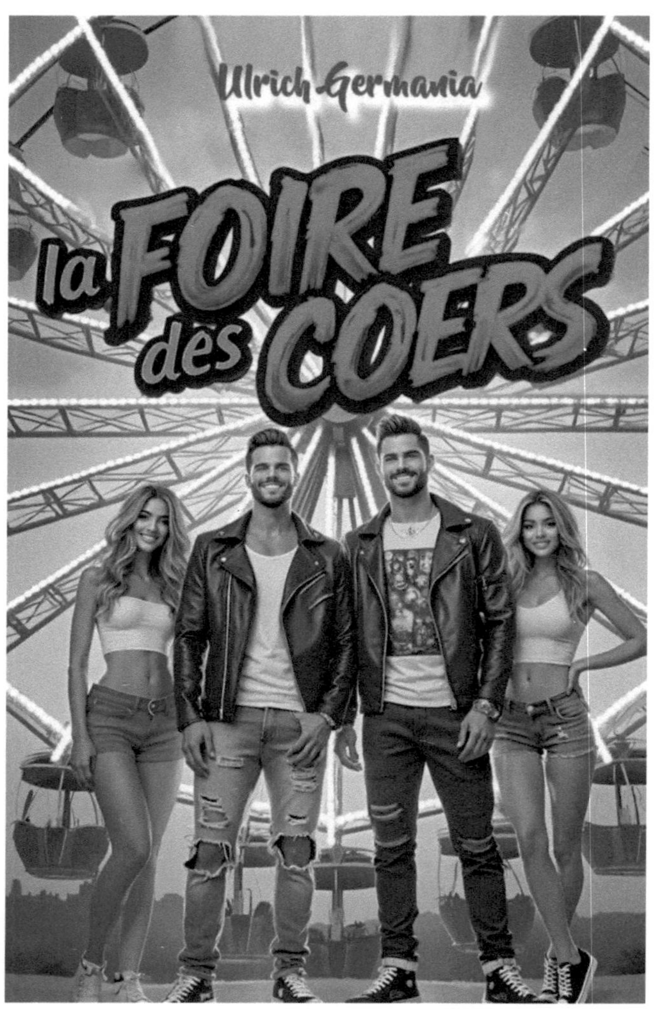

Ulrich Germania
la FOIRE des COERS